KB268670

꾸루룩 , 꾸꾸루룩

이것 좀 봐
강진만 갯벌에 핀 꽃들
날개 깃 사이사이 칼바람 품어
꽃잎 목화송이처럼 부풀어오르네
뻘 속 다리 부르르 떨면서도
여린 깃털 흔들어주는 고니들
배추 속처럼 빼곡히 들어차는 어둠 배경으로
마스게임 하나봐
오와 열 맞추어 두둥실 핀 하얀 꽃들
저 온기 서린 말
드넓은 운동장 훨훨 날아오르는 것 보고가라고?
꾸루룩 ······ !
갯벌 같은 세상 속 활짝 피어보라고?
꾸꾸루룩 ······ !!

시인선 0074

사랑은 바닥을 쳤다

 시작시인선 0074
사랑은 바닥을 쳤다

찍은날　｜　2006년　10월　25일
펴낸날　｜　2006년　10월　30일

지은이　｜　김화순
펴낸이　｜　김태석
펴낸곳　｜　(주)천년의시작
등록번호　｜　제300-2006-9호
등록일자　｜　2006년　1월　10일

주소　｜　(우110-872)　서울시　종로구　내수동　72번지
　　　　　경희궁의아침　3단지　오피스텔　331호
전화　｜　02-723-8668
팩스　｜　02-723-8630
홈페이지　｜　www.poempoem.com
전자우편　｜　poemsijak@hanmail.net

ⓒ김화순, 2006. printed in Seoul, Korea

ISBN 89-6021-017-X 02810

값 6,000원

사랑은 바닥을 쳤다

김화순 시집

2006

自 序

"여기 환상의 장 속이 바로 네 집이도다"
                              ─프로이트

환상이 불투명한 욕망을 여기까지 끌고 왔다.

내 생의 그림자이며 이미지인 것들.

나를 다녀간 마디 어긋난 시간과
꾸역꾸역 우겨넣은 누추한 길을
이제사 어둠 속에서 끌어낸다.

첫 마디가 비리고 붉다.
빈자리에 차곡차곡 다시 채워질 응시의 일상들
보낸 것들 오래 눈에 밟히리라.

■ 차 례

■ 해 설

붉은 말씀들

그 절 동백림은 종합병원 암병동입니다 늙은 나무들 커다
란 혹덩이 서너 개씩 달고 투병 중입니다 시간의 병소 부여
잡고 신음 소리 꾹꾹 누르고 있는 동백나무들 울컥, 울컥,
핏덩이 토해냅니다

나무의 환부 가만히 만져봅니다 손끝으로 짜르르 전해오
는 울퉁불퉁 고통을 우려낸 언어 병 깊어 나무의 형상 추할
수록 붉은 말씀들 암세포의 절정입니다 그것이 아름다운
것은 한겨울을 쟁쟁쟁 울며 法施처럼 간병하던 동박새 때
문입니다 이곳에 와서 참으로 오랜만에 마음의 뼈를 울리
는 서정시 한편 아프게 읽고 갑니다

竹을 치다

달리는 버스 차창에
빗방울들 댓잎을 그린다
무거운 허공 밀며 竹을 친다
저 무색의 핏방울이 一筆揮之 그려내는
몇 컷의 수묵화
비바람 속 서걱거린다

인사동 竹林화실 벽에 가득하던 烏竹들
화선지같이 하얗게 지워진 기억의 벽면에
대나무 작은 마디 무수히 피어난다
대숲 누비는 무림의 고수처럼 쉬쉬 쉭,
필살검 휘두르던 시간
나를 향해 우우 몰려드는 그 단검
겁도 없이 챙챙 대적하곤 했는데

나는 지금 시간의 먹을 갈아 추억의 농도를 가늠해보는가

차창에 번지는 앙상한 烏竹의 댓잎
나는 저 뼈아픈 문장을
눈 환히 뜨고도 읽을 수 없다

달리는 속도만큼 죽음 향해 치닫는
젊은 날의 완강한 고집 몇 컷
백년의 기다림을 시작하는 저들의,
나는 대나무 한 토막도 읽을 수 없다

푸른 경전

쓰레기통 열자
음식 찌꺼기 엇섞여
뻘뻘 땀 흘리며 썩고 있는 중이다
아, 그런데 놀라워라
좌불한 스님처럼 그 속에 천연덕스레 앉아
싹 틔우고 있는 감자알
통 속이 일순 광배 두른 듯 환해지네
저 푸른 꽃
캄캄한 악취에도
육탈하는 것 따듯하게 천도하는
저것이 바로 생불

사랑을 덜컥, 대출하다

잔액 바닥 드러난 통장
위험한 사랑 하나
덜컥, 마이너스로 장기대출 하고 싶네

사랑을 빌린 죄로
불어나는 고통의 이자
내 비록 몸은 마른 풀잎처럼 가물어도
가슴은 드넓은 갯벌처럼 빛나겠네

사는 일은 영혼의 저축 털어 나날의 할부금 갚는 일
불안한 일수놀이 언제까지 계속될까

랄랄라, 꿈이 기울지 않는 한
룰룰루, 목숨 붙어 있는 한
그의 목줄 생을 조여와도
불온한 꿈의 애완견으로 살겠네

시인의 밭에 가서

비 오다 활짝 개인 날, 대곶리 시인의 텃밭에 가서 나는 보
았네 엉덩이 까고 펑퍼짐하게 나앉은 비닐 모판 위 배추.
하나같이 큰 손바닥만 한 잎에 구멍 숭숭 뚫려 있었네 제
둥근 몸 안에 벌레를 키우고도 꼿꼿이 서서 가을을 당당히
걸어가는 속 들어찬 아낙들

그렇지, 사는 일은 빈틈없는 생활에 구멍 숭숭 내는 일 아
닌가 몰라 벌레가 먹을 수 있어야 무공해 풋것이듯 생활의
벌레 허용할 수 있어야 자연산 인간일 수 있다는 생각, 그
렇지, 사는 일이란 시인의 밭에 자라고 있는 배추처럼 자신
의 몸이 기꺼이 누군가의 밥이 되는 일 아닌가 하는 그 푸
른 생각이 들판 가득 향기처럼 번지고 있었네

낙하산 확, 펴질 때

씨방을 뛰쳐나온 민들레 홀씨와
짝 찾아 나는 수양버들 꽃가루

반짝, 햇살에 흔들리는
얇고 투명한, 저 부유하는 방랑의 후예
황사바람 속 가볍게 유영한다

날아다니는 솜털
후루룩 먹어본다
(……)
봄 샐러드 맛이 이럴까
그놈들 내 안에서 이리저리 떠돌다
잊혀진 자궁에 착상하고,

그렇게 언젠가
민들레 피어날 때 있을 것이다
내 몸의 숨은 낙하산 확,
펴질 때 있을 것이다

環狀彷徨

시장 바닥에 묶여 있는 흑염소의 침울한 눈 본 적 있다 울컥 목울대로 치밀어오르는 뜨거운 것, 염소에 대한 연민과 동정만은 아니었을 것이다 내 안에 묶여 사는 짐승 나도 모르게 그렇게 울음 토해낸 것일 게다

터미널은 오가는 사람들로 분주하다 그러나 난 저들의 목숨이 터미널에 묶여 있다는 걸 안다 우리는 모두 자기만의 터미널에 묶여 있는 한 마리 흑염소가 아닌가 남모르게 껌뻑이는 저 불안한 평화의 눈빛을 보라 저들은 늘 떠나지만 늘 제자리로 돌아온다 묶인 목사리를 풀고 나는 언제쯤 낯선 곳으로 튈 수 있을까

앙코르와트

신을 만나러 가는 길은 가파르고 높다
직벽의 계단 네 발로 기며
나는 오로지 호기심만으로 칠십팔 도 공포의 경사를 오른
다
그러나 이제 아무도 저곳에서 신을 경배하지 않는다

저 돌탑, 저 성벽을 살아온 돌의 결이
어느 날 사원의 중앙탑이 되고
회랑이 되고 사면상 관음이 되었다
회색 풍경이 단색으로 아찔하게 낡은 시간들
벵갈보리수 뿌리에 목 졸린 성전 향해
불개미 한 마리 무한대의 폐허 기어오르고 있다

수미산 오르는 길이 이러할까
몸과 마음 기꺼이 낮추고
오체투지 기어오르는 그들이 바로
未來佛

몸꽃

홍역 앓듯 살아온,
사는 동안 질병 떠나지 않은 팔순의 다 늙은 몸
누룩 같은, 노란 꽃 피어 어지럽다
텅 빈 고목 한 그루로 남아 있는
구절양장의 생애 썩어 거름이 될까
타오르는 정염 거듭 죽이고 살아온 세월
원통하고 폭폭했던 것일까
검푸른 몸에 핀 꽃들
그렁그렁 눈물 담겨 있다
이제 곧 퀴퀴한 죽음의 향이 나비를
불러모을 것이다
꽃은 더 깊이 뿌리 내리려고
생의 바깥으로 기운, 흙구덩이 그의 온몸
마구 헤집고 있다
들큰한 고름꽃들 소리 없는
절규가 시끄럽다

어떤 방생

단양 사인암 운계천에서 처음으로 방생하는 것 본다 죽어
북으로 태어난 소의 울음소리 들으며 사람 무엇을 놓아주
고 싶었던 걸까 나도 그들 속에 섞여 쉴 새 없이 마음 속으
로 미꾸라지 놓아주고 있다 집착을 끊어 생을 편안히 내려
놓는 것, 그것이 방생 아닌가 황달 앓는 은행나무 한 그루,
바람도 없는데 마음 내려놓듯 끊임없이 잎 떨구고 있다 도
락산 허리 휘감아 오르며 제 목소리에 겨운 듯 울음의 겹과
주름 만드는 늦가을 저물녘 붉은 북 하나가 나무 사이에 걸
려 있다

사방팔방 꽃창살

전나무 숲을 지나
울퉁불퉁 흙길 지나
내 안의 문이란 문 모두 열어젖히고야
내소사 앞뜰에 선다

대웅보전 문틀 속의
무더기무더기 저 꽃숭어리
어느 생의 옹이가 무수히 박혔나
사방팔방 저 꽃창살

꽃잎과 꽃잎 사이
시간의 끝이 파낸 대웅전 창살마다
켜켜이 눈물진 소원
저리 새겨놓았나

산사의 저녁 종소리
하늘 끝으로 붉은 길 떠나는
빈혈 앓는 꽃숭어리들 창백한 미열
아아, 푸른 잎도 달지 못한 채
다시 길을 떠나며 듣는 이 저물녘

내소사 벗어나는 범종 소리

성묘 간다

사는 동안 내내
이 길을 크게 벗어나지 못할 것이다
굽이굽이 산길 에돌아간다
이 산길 돌아, 돌아갈수록 곡절 있는 사연들
구석구석 친숙한 얼굴로 말 걸어온다
옹기전의 그릇들같이 사이좋게 이웃한
저 둥근 묘지들
차가운 죽음보다는 내가
따뜻하게 채워넣어야 할 것들이 떠오른다
식지 않도록 이불 깊숙이 묻어었던
침.묵.처.럼.

땀 흘리는 풍경

허기진 시간이 오후의 정수리 위를 어른거리고 집 나선 사
람들 자꾸 어디론가 사라지고 있어요. 긴 침묵의 에스컬레
이터 따라 지하 2층 찜질방에 가면 햇빛 차단한 일상이 무
뇌아로 누워 있어요. 수족관 관상어처럼 느릿느릿 유영하
는 사람들, 헐거워진 생의 비늘 툭툭, 땀방울로 털어내고
있어요.

생각 익히며 고열의 맥반석방에 누워 있거나 비디오방 촉
수 낮은 불빛 아래 가위눌리거나 땀구멍으로 출감되는 젖
은 욕망들, 소금방의 암염으로 꾹꾹 눌러 절여요. 눈치 챌
수 없도록 맞물린 정교한 어긋남이 서로에게 편안한 배경
이 되어주는 풍경. 식은 밥 같은 모래시계 속 하루가 공회
전할수록 사람들 꼬리 붉은 방어가 돼요.*

---

*『시경』에 나오는 周南의 시 「汝墳」중에서 '방어꼬리 붉고/정치는 불타는 듯 가혹하다'
 에서 차용. 방어(백성)는 피곤하면 꼬리가 붉어진다고 한다

캄보디아 통신

마음까지 영하로 얼어붙은 2월, 촘촘해진 햇살그물 뚫고 킬링필드의 나라로 들어섰는데요 우르르 몰려와 반겨주던 불쑥 내미는 손, 그들이 악수하고 싶었던 건 오로지 '원 달러'였나봐요 쩍쩍 갈라진 그들의 손금 위로 철사처럼 빳빳한 햇살 아프게 달려들었는데요 황사바람 속에서 내 유년의 기억들 와르르 쏟아졌지요

개구리색 군용트럭 쫓으며 '기브 미 껌' 절박하게 외쳐대는 기계충 자국 선명하던 나이 어린 삼촌, 그 숯검댕이 손으로 꽉 움켜잡던 미제 껌처럼 딱딱하고 질긴 기억 뜨거운 햇살 아래 찍찍 늘어나 질겅질겅 씹히네요

30도 웃도는 오래된 미래의 도시는 땀 뻘뻘 흘리고 있었는데요 폐허의 힌두사원 프놈바캥 정상의 일몰은 아이들의 허기마저 환한 루비레드로 지워버렸을까요? 석벽에 새긴 서사시처럼 내 추억의 내벽에도 그들의 여윈 손이 새긴 '원 달러' 오래도록 부조로 남아 있겠지요

몸은 정직하다

푸른 저녁의 손 창문 두들겨대면
몸에 입력된 기억 왜 뛰쳐나오려 할까
세상에서 가장 먼 길은 머리에서 가슴까지
가는 길*이라 했던가
번호 누르고 싶어 안달하는 손
정신과 몸이 길 위에서 티격태격 다투고 있다
끈끈이주걱처럼 집요한 기억도
19분 지나면 41.8퍼센트,
63분 지나면 55.8퍼센트 잊혀진다는데
몸은 너무 쉽게 배반하는 정신 비웃는다
완전연소될 수 없는 것은
몸에 흔적으로나 남는 걸까
벨소리 환청에 시달리며
연비 낮은 하루 소비하고 있다
시간 흘러도 동화되지 못해 조금씩 뒤틀리는
알로덤**성형 얼굴처럼
몸은 정직하다

*천양회 시인의 「뒷길」 중에서
**사체의 피부를 채취하여 인공적으로 가공한 피부, 성형수술에 사용함

억새

천근의 허공 밀어내느라
가느다란 척추 안간힘으로 뒤튼다
몸은 철새의 길 따라 이동하고 싶은 걸까
바람 부는 쪽으로
부르르 부르르 깃털을 턴다
지상에 발목 잡힌 억새,
까실까실 깃털들 앙상해진 새처럼
하늘 한쪽 그러잡고 점점이 흩어진다
찬바람의 손길
꺼진 시간의 불씨 지피는 늦가을
저 소득 없는 분주한 날갯짓
웅크려 모여앉아
봉긋, 비행의 노정 부풀리고 있다

꾸루룩, 꾸꾸루룩

이것 좀 봐
강진만 갯벌에 핀 꽃들
날개 깃 사이사이 칼바람 품어
꽃잎 목화송이처럼 부풀어오르네
뻘 속 다리 부르르 떨면서도
여린 깃털 흔들어주는 고니들
배추 속처럼 빼곡히 들어차는 어둠 배경으로
마스게임 하나봐
오와 열 맞추며 두둥실 핀 하얀 꽃들
저 온기 서린 말
드넓은 운동장 훨훨 날아오르는 것 보고 가라고?
꾸루룩……!
갯벌 같은 세상 속 활짝 피어보라고?
꾸꾸루룩……!!

II

너는 퍼지이론처럼

갑옷 입은 밤이 겨울의 안쪽을 서성인다 시간의 둥근 입 속
으로 너를 꾸역꾸역 밀어넣는다 고단한 삶의 주어들이 제
몸의 마디 툭툭 끊어낸다 소화되지 못한 하루가 트림을 하
고 쉬 잠들지 못하는 기억의 흰자위가 파랗다 불연소된 네
가 매캐한 냄새 되어 콧속을 파고든다

氣化된 슬픔 알갱이 회색 구름 되어 떠돈다 내 곁을 스쳐가
는 너에게 오늘도 나는 스며들지 못한다 서로가 인식하지
못하는 시각적 변형의 시간만 퍼지이론처럼 존재하는 순
환반복의 궤적들 너와 나의 이분법적 사랑이 말뚝에 묶여
'구속의 드로잉'*을 그리고 있다

*매튜 바니의 전시회 제목

로타리 토르소*

나른한 하루를 스트레칭한 여자, 로타리 토르소에 앉아 쭉
쭉 늘어난 시간의 관절을 강화한다 나잇살 붙은 옆구리에
15킬로그램짜리 상념을 달고 몸통 비틀며 회전운동한다
우리들 일용할 권태가 일상의 얼레에 칭칭 감겨드는 오후
난파된 시간 투두둑, 땀 흘리며 150도 각도로 뒤튼다 등 뒤
낡아가는 척추뼈 사이사이 퇴적층처럼 누워 있는 편안한
생각 좌우 대칭으로 함께 흔들린다 대강 그린 약도 들고
'나' 찾아 헤맨 나날들, 수없는 '나'를 반복적으로 빙빙 돌
리다보면 회교사원 뜰의 둥근 경전처럼 손 발 사라진 명징
한 '나' 만날 수 있을까 바람 거세게 불고 잘린 곳의 상처
환상통처럼 스며드는 하루 내 안의 비인간적인 것, 얼굴**
이 있는 토르소가 된다

배설되지 않는 너를 또 밀어넣는다

막무가내 먹어치운 시간
속 더부룩한 변비
숙변으로 남아 있다
장 속 첩첩 쌓인 위험수위의 노폐물
꿈틀꿈틀 연동운동을 시작하고
질긴 섬유질의 그것
시큼털털 발효되는 완고한 사랑을 분해한다
그러나 막힌 하수구처럼
좀체 배설되지 않는 너
배고프지 않아도 때 되면 먹는 밥처럼
관성의 흡착력으로 남아 있다
고형의 기억만 창자 내벽에 붙어
대장균처럼 꿋꿋하게 살고 있다
어느새 또 끼니때가 되었나
속 쓰린 하루,
너를 밀어넣는다 습관처럼
꾸, 역, 꾸역, 꾸역꾸역

개나리, 샛노란 물음표들

아파트 성벽에 긴 머리채 늘이고 수다 떠는 여자 햇살은 노
오란 머리카락 헝클며 깔깔거리네 팡팡 어질머리 나는 세
상, 봄바람은 그녀의 속눈썹에 말린 푸른 잎의 행방 수소문
하네 그녀의 발치에 비듬처럼 수북이 쌓이는 샛노란 물음
표

라푼젤 라푼젤, 머리를 내려놓아라

띵동, 엘리베이터처럼 긴 머리채 타고 위풍당당 귀가하는
검은 양복의 사내 새카만 철마 몰고 뚜벅뚜벅 입성하네 탈
모의 시간 속 꼬리 감춘 의문 살랑살랑 마중 나가네 등 뒤
에 묻어온 문맥을 닳아빠진 손바닥이 쓸쓸, 쓸어보지만 손
가락 사이 주루룩 미끄럼 타는 깔깔한 자모

라푼젤 라푼젤 머리를 내려놓아라

퐁퐁, 비누거품처럼 날아가버린 그녀의 가슴 속 새들 텅 빈
둥지에 깃털로 뒹구네 가벼운 질문과 의문은 욕조 속 둥둥
떠다니고 물레에 감겨드는 목화솜처럼 포근한 시간은 탈
탈, 편안을 찾네 끌끌, 노래를 찾네

라푼젤 라푼젤, 머리를 내려놓아라

시간 속에 웅크려 날개를 짜다

여름 한낮, 잠박에 누워 긴 잠을 잔다 다섯 번의 몽상 끝나
면 나를 토해 새하얀 고치집을 짓는다 나방이가 될 때까지
시간 속에 웅크려 너를 잦는다 사각사각 풀리는 명주실 소
리 섶에 누워 꾸물꾸물 천오백 미터의 꿈길 나긋나긋 더듬
으면 은빛 실타래 푸른 잠의 얼레에 칭칭 감겨든다 예순 시
간 내내 따라가다 놓쳐버린 성마른 풍경들 기억 속에 인화
되어 달그락거린다 부지런히 변신을 꿈꾸는 나, 언제쯤 아
리아드네의 실을 잡고 잎맥처럼 환한 날개 하나 얻어 둥그
런 꿈의 동굴 탈출할 수 있을까

그의 애무

불면은 나의 거울, 마주 서서 들여다보면
나는 의식의 바다에 익사체처럼 둥둥 떠 있지
그의 품에 안기면 별빛처럼 쏟아져 내리는
알이 굵은 기억
시간의 해변을 서성이는 나에게
그는 모래사장같이 깔깔한 손을 내밀지
머리 속 촘촘한 거미줄에 둥글둥글 매달린
우화(羽化)의 욕망
동굴 속 상징을 찾아내듯 집요하지
그는 나를 껴안고 파도를 넘고
구불대는 리아스식 해안을 거닐지
그의 애무는 생명이 빠져나간
흡혈귀의 뾰족한 덧니처럼 선뜩하지
한 줄 써놓고 오래 멈추어버린 생각이
그에게 물린 목줄기에서 쿨럭쿨럭 쏟아져나오지
출렁이는 하루의 해변에 밀려오는 붉은 시간
아득한 허공 깔고 누워
힌트 없는 퀴즈를 풀 때처럼
그는 나를 완행으로 끌고 가지

동그라미 만드는 여자

그 여자 종종종 저녁을 썬다
파의 동심원들 도마 위를 굴러 고단한 눈물이 된다
푸르고 하얀 작은 바퀴

베란다 정면으로 고무래 공원 보인다
인라인스케이트 타고 신나게 달리는 아이
그녀의 눈 쓰윽, 스치고 지나간 아이의
바퀴 속으로 동그라미들 촘촘히 들어가 박힌다
그녀의 동그라미를 가지고 달아나는 아이

인라인스케이트 바퀴처럼 씽씽 굴러다니던 때 있었다
통통 웃음 튀어 구르던 동그란 시간이
지금은 비좁은 도마 위에서
힘겹게 굴러다닌다

진하고 깊은 뼈 국물 속, 푹 우려진 그녀
골수까지 빠져나간 골다공증의 바퀴도
곰탕 속으로 굴러들어 동동 떠오르는데

그녀의 눈결 안에서 파닥거리는 아이

인라인스케이트 속 탱탱한 동그라미 하나 꺼내준다
알싸해지는 그녀
식사 때마다 파 써는 여자

몸 속의 그네를 타다

그녀를 견인하는 수백 개의 체인이
몸 속 풍경을 흔든다
몸과 하늘과 나무와 시간이 수없이 겹쳐지는
프랙탈 도형의 산란
하늘로 무한히 튕겨오른다
나선형 계단 따라 끊임없이 이어지는
무한대의 공간, 시간이 포획한 생이
허파꽈리처럼 수없이 겹쳐져 있다
사면이 거울인 방에는 무수한 다른 방들 보이고
방마다 시간을 차지한 그네가 흔들리고 있다
그녀의 유년이 앉아 흔들리고
그녀의 어머니가 누워 흔들리고
그녀의 딸이 서서 깔깔거리며 흔들리고
그녀보다 젊은 증조할머니와 할머니들이 흔들리고 있다
흔들릴 때마다 거꾸로 솟구치는 피톨
잠시 붉은 어지럼증을 느꼈던가
흔들리는 풍경 속 어둠으로 걸어가는 그녀
풍경 밖으로 밀려난 시간의 매듭이
허공 꼭꼭 조이며 또 다른 체인을 만들고
그녀는 남은 풍경 흔들고 있다

숲 속의 성인식

축제로 분주한 줄루족 마을
15세 소년의 눈에
아프리카가 고여 일렁이고 있다
빠짝 마른 목구멍으로 성인식 만찬
꾸역꾸역 밀어넣는 아이
막무가내로 밀려 들어간 불안 왈칵, 쏟아진다
할례 받기 위해 휘적휘적 산을 오른다
돌칼 지나간 자리 고통의 불꽃 환했던
제 살점을 땅에 묻고
소년은 숲 속에서 4주일을 보낸다
이리 떼처럼 달려드는 외로움을 이기고
우주의 겸허를 배운다
소년은 그렇게 죽음을 살며
미래를 얻는다
종종 죽음을 얻어
일찍이 숲이 되는 아이도 있다

USB를 사주세요

―operating system not found
―operating system not found

너의 수혈 예고 없이 끊긴 날
덜컥, 무사태평의 하루가 악성빈혈에 시달린다
저장된 시간 비틀거리며
접속할 혈관 찾아 이리저리 헤맨다
어지러운 일상은 꽉 막힌 화면으로 남아
첨부할 문서 잃고 창백하다
하드 디스크 속에서 터져버린 시간의 몸
내장까지 튀어나와 사방으로 흩어진다
피 흘리는 기억 호출해보지만
윈도우즈 너머 너는 응답 없는 메시지일 뿐
정체불명의 바이러스가 저장된 사이트의 심장
산산조각 낸다
너는 내 생활 속 든든한 항체는 될 수 없었니?
늘 신선한 헤모글로빈을 수혈하는
512MB의 USB 될 수 없었니?
사라진 하드 디스크 속 파일 찾아
휘적휘적 길 떠나는 나에게

USB를 사주세요!

시간은 나를 사육한다

시간은 나를 사육한다
질 좋은 사료 먹이며 통통 살찌운다
그의 손길에 몸 맡기면
청정한 생각들 흙탕물처럼 흘러 사라진다
오른쪽으로 기운 불균형한 습관의 나날들
나는 마음의 문 안쪽만 기웃거린다
그는 나를 우아한 마님처럼 길들이고
성벽처럼 견고한 울타리에 가두려 한다
늘어나는 주름처럼 가늘고 얇아지는 꿈들
프로크루스테스 침대 밖으로
뎅강뎅강 잘려나간 환상의 발모가지들
파편의 풍경은 뚝뚝 피 흘리고 있다
기형처럼 부풀어오른 무의식
나는 풍선껌처럼 질겅거린다
저물녘 매캐한 풀 냄새 속
가끔은 그를 잊고 싶을 때 있지만
몸이 기억하는 그의 손길 포기하지 못한다
삶의 열정 빠져나간 시간의 사육장에서
나는 오늘도 모르핀 중독환자처럼
그의 달콤한 손길 기다리고 있다

치매

머리 향해 거슬러 오르던
기억의 물고기
무릎 꺾여 가슴 아래로만 표류 중이다
수중보 아래 등 휘고 살갗 떨어진 채
기억 산란하는 황어 한 마리
상류에 오르지 못한 채 눌리거나 잘린
욕망들 고여 뇌혈관 틀어막고 있다
앞만 보며 치오르던 과부화의 날
시간의 강기슭 오락가락 자맥질하고 있다
꽃잎 화르르, 날리는 강가에서
오도 가도 못하는 생 체질하다 보면
추억의 사금조각들 반짝, 이기도 할 테지만
지금은 과거에게 발목 잡힌 채
머릿속에 견고한 바리케이트 쌓고 있다
이 환장할 봄날의 스트라이크라니!
협상 할래, 안 할래?
죽음의 전투경찰들 방패로 몸 막고
생활의 경계 무너뜨리고 있다

공기청정기

각진 몸매 무표정한 얼굴
속을 쉽게 내보이지 않는 너
너는 비릿한 고등어 냄새
결 고운 황사가루까지 막무가내 들이켠다
기억의 분비물까지
깡그리 마시는 너,

달에 한 번 너의 가슴을 열어본다
횡경막 필터
꽉 들어찬 열병의 시간들
낮은 한숨과 머리 터진 재즈 몇 곡, 마른 낱말들과
텔레비전 소음 등속 필터에 빽빽하다

하루도 노동을 쉬지 못하는,
다 늙은 너의 가쁜 숨소리

法味如來

시커먼 망각의 강 건너기 위해
살아서 양조간장 속에 든다
순장품은 잡귀 쫓는 알큰한 마늘과
생강, 깡마른 붉은 고추다
죽어 쫀득쫀득 오묘한 맛으로 태어나려고
생살 보시하는가
간장에 녹아든 삶의 아린 액체까지
뭉근하게 다린다
부글부글 끓어오르는 번뇌의 기포
세상에 대한 마지막 집착인가
욕망 한 알갱이까지 완전히 식힌 후
온 발 오그린 채 죽은 꽃게에 간장 다시 붇는다
마음 속 삿된 생각의 체액 거듭 졸여
무념의 살로 남은 간장게장
투명한 바닷물소리와 햇살 환한 시간만 들어 있다
짭조름한 게장의 뼛속 결까지 속속들이 파먹는다
저 니르바나의 맛
지금 나는 法味如來다

마디마디 상처의 방

터미널 꽃집에서 사온 수경 대나무
여섯 개의 텅 빈 방마다
푸른 촛농으로 메워져 있다
키 크지 못하게
파란 잎 틔울 어린 숨통 모질게 막아놓았구나

대나무 줄기 끝에 아기 이처럼 돋은
창백한 뿌리들, 아프다 아프다 소리친다
목 긴 화병에 물 채워
겁먹은 대나무의 어린 발 가만히 담궈준다
통증 가시는지
꼿꼿한 허리 내 쪽으로 기우뚱, 기댄다

대나무 무수한 관절마다
소리 없는 생의 비명 쌓여 있다
잃어버린 시간 차곡차곡 재워
상처의 방 한 칸 들이는
대나무 마디마디에 짙푸른 아픔이 산다

여름 한낮,

그들을 보는 가슴 한쪽이 시리다
생명의 미래 재단하는
저 잔혹한 탐미!

머리카락, 바람의 뿌리가 되다

1
대영박물관 이집트관
목관 속 주검에서
부스스 삐져나온 머리카락
너덜너덜해진 붕대 사이로
부패를 지연해준 희미한 송진 냄새가
시간을 되돌리고 있다
뇌를 제거한 두개골에서
박제된 기억 파먹고 자랐을 시간의 뿌리
세티왕의 정부 앙크수나문이었을까
아직도 그녀의 목관은
태양의 후예답게 광합성 기다리고 있다
푸석거리는 뿌리 키워온
당당한 한 그루 나무 같다

2
여린 손톱으로 이마 움켜쥐고
툭툭, 제 몸 던지는 머리카락
풀처럼 붙박힌 동물성 삶이

바람 껴안고 안간힘으로 흔들린다
시간에 떠밀리지 않으려고
끝내 울지 못한 하얀 날들이
거꾸로 매달려 세파 헤치고 있다
저 박물관 미라처럼
유전자지도 몇 올 남기고 싶다
집 떠나온 길목마다
머리카락 한두 올씩 툭툭 떨구며 산다

III

거리는 bAng의 천국이다

거리로 쏟아져나온 방들 방방 뜨며 방 차지하고 있다
어느 골목을 들여다봐도 방 아닌 것이 없다

노래방, 찜질방, 전화방, 대화방, PC방,
DVD방, 게임보드방, 소주방, 머리방, 수면방,
타임방, 휴게방, 아빠방, 방, 방, 방

2004 베니스 비엔날레 국제 건축전 한국관 주제 : ⟨bAng⟩
국제 작품전에 출전한 찜질방이라니!
아니, 그보다 먼저 출품되어 수상한
한국 화가의 노래방 설치작업도 있다

은밀한 자리
불편한 시선 피해
더욱 깊숙이 숨고 싶은 방은 없는가
room이 bang에게 자리 내준 지 오래

방 속에서는 누구나 섬이 된다
섬을 감추고 있는 방, 거리마다 수도 없이 넘쳐나고 있다
소주방, 노래방의 남자, 머리방, 찜질방의 여자

게임보드방, DVD방의 아이

빈집 내 방, 나는
식구들 벗어던진 시간의 자투리 빌어
컴퓨터 속 대화방에 앉아 수다 떤다
핸드폰 속 수천 개의 방 뒤져서 놀고 있다

사람들 저마다 마음의 호주머니 속에
방 하나씩 넣고 사는 것 아닌가
色 쓰는 거리의 방 늘어갈수록
집 안의 방은 체온 잃어가는데
방들의 천국
과연 bAng은 광장이 될 수 있을까
항체 될 수 있을까

지금 대한민국은 bAng의 제국이다

숨소리

심장의 숨소리 듣는다
느릿느릿 출렁이는 심장의 숨소리
빠짐없이 기록하느라 초음파기가 헐떡거린다
심장 내벽에서 진드기처럼 자라던
거친 기억들 내 숨소리에 섞여든다
어둠을 펌프질하던 붉은 생 조금은 환해질까
타인의 시선에 갇히지 않으려고 팔딱거린 시간,
마음 속 휴화산에 용암처럼 쿨럭이던 욕망덩어리,
꽉 움켜쥔 붉은 주먹 속에서 펄떡거린다
내 삶은 폭발하지 않으려고
뇌관 꽉 움켜쥔 채 전전긍긍, 땀 흘린다
마흔이 넘어서야 귀 기울이는 심장의 숨소리
투덜투덜 실핏줄 타고 들려온다
좌심방에서 우심실로 흘러드는 핏덩이들
상처 입어 느슨해진 판막을 역류한다
24시간 심전도기로 무장한 하루의 숨소리
헉헉, 격렬한데

오래전 나를 뛰쳐나가려던 내 안의 짐승
토닥일 때도 숨소리 이랬다

앉은뱅이꽃

여행객 붐비는 인천국제공항
설레임과 흥분의 열기 가득하다
그들 사이 휠체어에 앉아 입국하는 인비 사나피
그녀는 화성공장에서 일했던 태국 처녀다

처음 한국 땅 밟았을 때
그녀의 발걸음 풍선처럼 가벼웠다
그러나 희망의 발디딤은 이년 만에 중단되었다
그녀는 이제 더 이상 걸을 수 없고
다른 사람의 도움 없이 화장실도 갈 수 없다
또래의 한국 처녀 부모 사랑 받으며
룰루랄라 데이트 신날 때도 그녀는 부럽지 않았다
가족들의 환한 웃음 떠올리면 절로 어깨 으쓱해졌다
그러나 그녀가 애써 가꾼 보랏빛 꿈나무는
땅 속 깊이 뿌리도 내리기 전 시들고 말았다
공장에서 LCD제품 세척작업 중
유기용제 노말헥산에 중독된 것이다
다발성 신경장애로 하체 마비된 그녀
앉은뱅이가 되어 태국으로 돌아갔다

산재치료 받으러 다시 서울 온 인비 사나피

―많이많이 아파요 한국 와서 고마워요
날씬한 두 다리가 은색 휠체어에
구겨진 꿈 되어 접혀 있다

기러기아빠

알래스카에서 날아온 쇠기러기 가족
낙동강 하구 삼각주 갈대 습지에 둥지 틀었다
저 단란한 가족의 겨우살이
그러나 가을밤 찬 서리 속 무리에서 낙오된
기러기 몇 두꺼운 구름 밀며
저 홀로 날고 있다

김씨는 총총 퇴근하는 동료들 물끄러미 바라본다
오늘은 또 누구와 더불어 술을 마실까
그는 저녁이 싫고 밤이 무섭다
이산을 살아온 지 오 년 그는 이제
아내의 안부조차 그립지 않다

그에게 가족이란 무엇인가 그의 미래이고 자랑인가
경주마의 시간도 쑥쑥 커가는 아이들 보면
힘겹지 않았다 그는 더 빨리 더 오래 트랙 돌고 돌았다
그럴수록 그는 더 빨리 늙고 낡아갔다
마침내 가족들 사랑은 바닥을 쳤다

빈집에 돌아와 둥근 식탁에 앉으면

어깨의 힘이 풀린다 끼니 채워본 적 언제였던가
웃으면 쪽니가 귀엽던 딸아이와
여드름으로 신경질 늘어가던 아들놈 가물가물하다
어쩌다 뉴욕으로부터 오는 이메일이나 전화는
그가 그리워 오는 것이 아니다
강추위 속 비틀대며 걷는 김씨의 허기진 등 뒤로
갓 빻은 떡살 같은 눈 소복이 내려 쌓인다
헤드라이트 불빛 속에서 환하게 웃는
아내와 아이들 어둠 속으로 접힌다
흐려지는 시야, 기억의 망막에 맺히는 회한의 물방울
그는 차가운 거실 바닥에
빈 자루 되어 함부로 구겨진다
또 하루가 그렇게 간다

샨타의 설

방글라데시 전통의상 차려입은 세 식구
중고 냉장고와 후줄근한 이불 틈새에 앉아
쓸쓸하게 티브이를 보고 있다

두 평 남짓 십오만 원 월세방이
오늘따라 더욱 추워보인다
샨타는 한국말이 유창한 열두 살 소녀
한국 친구들 보조가방 달랑이며
막대사탕 입에 물고 학원 가는 시간
동생 돌보며 집안 일하는 틈틈이
언 손 호호 불며 공장으로 식수 길러 간다
설날 샨타가 받고 싶은 선물은 세뱃돈이 아니다
그녀 앞에서 강제추방 당한 아빠 뒤에
혼자 남은 엄마의 어깨가 더욱 낮게 쳐지는 이국의 명절
아빠의 부재 길어갈수록 샨타는 더욱 의젓해진다
오늘은 설날, 이슬람 성원에 모여
친구들 얼굴 맞대고 코란이라도 읽고 싶다
작은 바람도 사치라며 윙윙 불어대는 겨울바람

온 가족 모여 세배하고 떡국 먹는 차례 풍경이

전국에 방영되는 설날 아침
샨타는 두 평의 감옥에서 소박한 미래 꿈꾸고 있다

쇼핑하는 여자

그녀는 소비하지 고로 존재하지
쇼핑은 생활 속 거룩한 종교
백화점은 그녀의 신전이지
그녀는 일주일에 서너 번 신전에 가지
꼬박꼬박 시간 맞춰 신전으로 향하는
그녀의 발걸음은 통통 튀는 탁구공처럼 가볍지
오늘은 안식일, 백화점 세일전단 꼼꼼히 읽으며
기쁜 마음으로 헌금을 준비하지
촌스런 현금 대신 반짝반짝 골드 신용카드 준비하지
제일 비싸고 청결한 옷으로 정성껏 치장한 후
신전에 들어서는 그녀의 가슴은
한없이 경건하고 진지해지지
시계가 없어 더욱 자유로운 신전
화려하게 성장한 신도들은 서로의 안부
가볍게 물으며 눈길은 온통 외모로 쏠리지
반짝이는 신제품 의상을 걸친 화려한
신들 앞에서 그녀는 한없이 작아지지
신전의 긴 주랑 천천히 걸으며
그녀의 두 눈은 기쁨으로 충만하지
온몸으로 퍼져가는 구원의 희열

빛나는 聖衣 손끝만 스쳐도 천국에 들어선 듯 설레지
신에게 무한한 감사 돌리는 쇼핑하는 여자
신전에 오래 머물수록,
가계는 휘청거리고 가족들의 유대 느슨해지지
그러나 마음은 한없이 평화롭고 행복해지는
그녀는 쇼핑하므로 늘 존재한다고 믿지

그 자리에 우뚝, 망각이 서 있다

늦은 밤,
단지 건너편의 낯선 대형 주상복합빌딩
그 층층의 화려한 불빛
우두커니 서서 보고 있다

어둠 속 마악 깨어나
무너진 건물의 흙빛 풍경과 겹쳐지는
상처의 시간

망각의 실타래에서 풀려 나온 올 굵은 실을 잡고
나는 죄 지은 사람처럼 서서
그해 삼풍백화점 무너진 시간 속으로
되돌아가고 있는데

수백 명의 뼈와 살로 지은 호화빌딩은
강남 한복판에
선사시대의 거대한 고분처럼 당당하게 서 있다

내 안에 오글대던 기억의 벌레들 기어나와
그 층층의 화려한 불빛으로 반짝이는 밤

그날, 그 자리에 있었던 사람은
지금 코 골며 자는 중인데

내 안의 개펄

내 안의 작부 충동질한다
오이도 개펄 초입에 유곽 차려놓고
홍등을 내걸란다
상심한 사내들 치마폭으로 다독여보라고
내 안의 여자 부채질한다
밤새워 홍등의 불이 타고
그 불로 꼬여드는 하루살이 떼의 더운 가슴
어루만져주란다
갯내음 물씬 풍기며 뛰쳐나오는
가리비 속살 같은 내 안의 여자
거친 물살 위 부표 되어 하얗게 웃는다
낙지발처럼 와서 쩍쩍 달라붙는 근육질의 사내
그 거친 숨소리에 갇히고 싶다
바다 가득 내리는 찬비
우우, 거세게 밀려오는 밀물의 사내들
화끈하게 받아내는 개펄 되어보라고
내 안의 바다 충동질한다

가문비나무 속엔 연어가 산다

남대천 상류, 떼 지어 팔 벌린 가문비나무. 와글와글 치어들 열매며 나무둥치 속 오르내리며 헤엄쳐다니고 있어요. 비늘과 지느러미 속에 아롱아롱 새겨지는 그 나무의 무늬.

이만 킬로 대장정 모천회귀의 대하드라마 끝낸 연어들. 여울목 자갈밭에 앵둣빛 미래 낳고 나무 아래 최종회의 생을 묻지요. 해산한 여인의 가을이 오면 숲의 나무들 자르르 윤기 흐르고 살집 통통 오르는데요 보는 이도 절로 환해지지요.

가문비나무 속에 태어난 어족. 숲은 뭉글뭉글 물비린내 피어오르고 반짝이는 흑갈색 비늘과 뾰족 꼬리지느러미와 분홍의 살 속 여울진 등고선 무늬들 나무의 삶 안쪽에 차곡차곡 쟁여지지요.

가문비나무 속엔 연어가 살고 있어요.

石首魚

곡우사리, 추자도 근해의 칠산어장
황금의 죽음 출산하러 온 여인이여
출렁이던 물의 숨결 켜켜이 잰 꿈 낳으려
흰 허리의 등줄은 팽팽한 평형 이루며 진통 중인가
기우뚱, 몸 흔들릴 때마다
반고리관 추스르며 평형 잡는 건
물의 기억 드나들며 수천 번 몸 바꾸는 일
살 속 새겨넣은 금빛 상감
살아생전 유일한 칠보단장인가
천일염 아리게 채워넣은 어둠의 시간
건조장 걸대에 걸려 가물가물 젖은 살 간하고 있다
몸 구석구석 뒤적이는 법성포의 북서풍과 햇살에
내장까지 바싹바싹 말라가는,
비늘마다 하늘길 만들며 몸 속 사리 키우는
助氣 어느 고행 이보다 더하랴
인신공양, 눈 부릅뗘 뜻 굴하지 않는
屈非 열반에 들자 몸 바꾸며 뒤채던 흔적
반짝 푸른 사리 두 알로 남는,

깡충거미

볼록렌즈 닮은 여덟 개의 눈
전방위로 뒤룩거리며 정원의 곳곳을 살핀다
뼈가 무거워 허공으로 오르지 못하는 대신
은빛 실로 하늘에 길 내는 대신
털복숭이 다리로 높이뛰기 연습을 한다
자신의 키 오십 배 넘게 뛰어올라야
쌩쌩한 먹이 잡을 수 있다
주홍 거베라 꽃송이에 앉아 꿀 빠는 벌을 보고는
꿀꺽, 마른 식욕 삼킨다
온몸으로 번지는 팽팽한 긴장감
사냥은 늘 그가 살아 있음을 일깨워준다
깡충,
고작 삼십 프로의 적중률 향해
잠깐 자신을 쏘아올렸던가
허공에 진설한 욕망 포기하고
깡충거미 제 안에 극기의 시간 돌돌 말고 있다

홍제비집

1

늦은 밤 디스커버리 채널에서 보았다

태양이 남은 햇살 한 조각으로 손목 긋자

울컥, 푸켓 해질녘 하늘에는 쉴 새 없이 핏물 번진다

해안가 절벽 끝 제비집 점점이 걸려 있다

어미 제비가 몸 속 양분 토해 만든 희고 붉은 집

어느 늙은 사내의 나무장대 끝에

옛 헌집이 헐려버렸는가

발 동동 구르던 어미는 다시 집 짓는다

거듭, 정성껏,

그러나 더 이상 토해낼 양분이 없자

이번엔 피 토해 집 짓는다

수척해진 어미 허기가 도는지 붉은 노을만

맥없이 빨아먹고 있다

2

태국 초호화 중국집 로얄가든

푸짐하게 생긴 중년의 동양 사내 하나

접시에 코 박고 제비집요리 게걸스레 먹고 있다
최고급 요리로 보신하는 저 번들번들한
야만과 광기의 식사

닫힌 방

1.

외출하고 돌아와 핏기 없는 너의 가슴 밀치고 들어서면 몸
에 묻어온 얼룩 서서히 녹아내린다 나는 한 마리 마이산얼
룩개미처럼 페로몬 뿜어대며 하루의 불안 쓱쓱 지운다 방
전된 시간 파노라마처럼 스쳐가고 우리 일용할 사랑과 열
정의 숨소리 평온하다

2.

너와의 섹스는 일상이다 습관적인 우리 체위는 쉽게 벗겨
지는 바나나처럼 늘 부드럽고 지루하다 나는 러시아 인형
처럼 내 안에 내가 너무 많아 그 수만큼의 사랑이 필요할지
도 모른다 의미 없는 날의 불면, 밤마다 너의 다부진 상체
에 문신된 사방연속무늬의 사랑을 세어본다 그 문양 속으
로 들어가 너의 잊혀진 정열과 맥박, 사랑의 파도와 심장박
동수, 식어버린 격정의 몸짓 … 호응하고 싶다

IV

냄새는 힘이 세다

속내 알 수 없는 양파와
칼끝에 맵싸한 오기로 남아 있는 고추씨들
냉동실에서 눈 부릅뜨고 뛰쳐나온 생선
발기된 가스레인지 불에 녹아서
질펀한 제 각각의 냄새 풍긴다
잘리고 볶아진 야채, 또는 생선으로 살아온
저 날것의 흔적
반짝반짝 웃고 있는 그릇에도
냄새는 배어 있다
공터 맴도는 쉬파리 떼처럼
식탁 주위 윙윙대는 끈끈한 냄새
누군가를 추억할 때
가장 먼저 찾아오는 감각
냄새는 관계가 만든 끈끈한 끈이었던 것
냄새는 아우라
혹은 알리바이
사는 동안 나는 냄새를 만들고
냄새는 나를 둥근 감옥 속에 가둘 것이다
냄새는 힘이 세다

나선형 오브제가 있는 풍경

방울소리 허공에 자욱하다
수만 마리 되새 떼가 펼치는 스카이다이빙 쇼
울진의 하늘 점점이 흩어진다
그들은 절대 서로의 몸 비비지 않는다
주먹보다 작은 몸은 견고한 거리 유지하며
공기보다 가볍게 곡예한다
풀꽃의 씨앗 실어주던 회오리바람의 숨결
오렌지색 깃털 속으로 둥글게 감긴다
나선형 오브제가 있는 풍경이라니!
허기진 일상의 늪 헤맬 때마다
안으로만 기어들던 눈빛
오늘만은 경계 풀고 부드럽게 뒤엉켜
구름 속 물방울이 돼보기로 한다
낙하하는 저녁의 휑한 가슴 속에
나선의 동그라미 무수히 그려넣는 되새들
눈 쌓인 대숲의 정적을 배경으로
幻이라는 제목의 특별공연 펼치는
이 시대의 당당한 나르시시스트들

둥근 방에 들다

팔순 아버지의 굽은 등에서
사십 년 전 골목길을 본다

당신의 귀가시간은 고르지 않았다
버스정류장에 키 작은 풀로 쪼그려 앉아
흙그림 몇 번이나 그렸다 지워도
당신의 기침소리 들려오지 않았다
그런 밤이면 강 건너 마을로부터
두꺼운 이불처럼 내 앉은키 덮어오던 어둠에 갇혀
잇몸 사이로 비어져나오는 울음 꺽꺽 삼키곤 했다
마음의 창으로부터 점점 멀어져가는
당신의 발자국 소리
더 이상 들리지 않았을 때
난 이미 어른이 되어 있었다

아버지의 굽은 등 속에는
그만 아는 팔십 년 비밀한 생이 있다
세월로 가득 채운 둥근 방, 천천히 비워가는
당신이 걸어온 길로 그날의 당신을 살고 있는
내가 걸어가고 있다

균열

오른쪽 아래 어금니에
원인 모를 미세한 금이 갔다
시간이 흐를수록 조금씩 벌어지는 틈
먹을 때마다 통증의 강도도 커져간다

상한 이 피해 왼쪽으로 먹는다
부드러운 것도 자꾸 왼쪽으로 씹으며
식사 때마다 벌이는 사소한 전쟁

어찌 음식뿐만이었겠나
좋아하는 것만 좇고
불편한 것에는 슬쩍 슬쩍 고개 돌렸다
마음 가는 쪽으로 손 내밀 때마다
반대편에는 쩌엉쩡, 생활의 실금 생겨났으리

크고 작은 관계의 균열
벌어진 어금니 틈에 낀 찌꺼기들
시큰시큰 썩어가고 있다

마음 내키는 곳만 짚으며 걸어온 길이

또 허방임을 알겠다

고소한 시간 속으로

세포 속까지 꿉꿉한 날 발코니를 서성이다
오래 잊고 있던 오지항아리를 들춰본다
여물대로 여물어 몸 키 작아진 메주콩들
누렇게 바래 까칠하다
수없이 부대끼며 들끓었을 욕망과
중심까지 탄탄히 말려 있다
정수한 물 부어 하룻밤 푹 재운 후
서너 소큼 끓인다 부르르 게거품 물고
그간의 외로움 절절이 풀어내더니
적의의 비린내 왁자하게 쏟아낸다
제 몸 굳세게 팔짱 꼈던 고집스런 허물과
터무니없던 수직의 자존이 흐물흐물 말개진다
사람도 세파에 푹푹 불려봐야
제 몸의 수상한 비린내 확, 벗을 수 있는 걸까
깨금발 선 시간까지 뭉퉁그려 드르륵 갈면
분별의 완강한 기억들마저 입자 고운 진국이 된다
쫀득한 생면 위에 오이채, 삶은 계란 얹어
얼음 두엇 띄워 먹으면 불끈,
끓어올라 수시로 부글대던 헛것들과 혈이 뭉친
뻑뻑한 시간 엇섞여 고소해진다

뻘배가 지나간 자리

광양만 물지는 시간
장길곶 동쪽 猫島로부터
진흙신 신은 푸른 저녁
터벅터벅 걸어오시네

걸어도 걸어도 끝내 닿지 않는
생의 밑바닥, 바다의 문지방에 걸려
넘어지던 시간
총총 저녁별로 내리고
바다의 활주로 위
갈매기 울음소리 요란하게 착륙하는데
뻘배 지나간 자리 뽀글뽀글
살아남은 것들의 더운 숨소리

광양만 물지는 시간
위대한 적막 속으로
우리들 한때의 소중한 약속
어둠 신고 터벅터벅 멀어져가네

나는 날마다 골목 속으로 실종된다

골목길은 내 생의 자궁
그 많은 추억이 저 곳에서 태어났다

골목길에서는 모든 것들의 흐름이 느리다
질주의 관성에 길들여진
차들도 이곳에서는 순한 짐승이 된다
담과 담, 벽과 벽 조금씩 몸 틀어
만든 길에는 쌀집, 기름집, 야채가게, 미장원, 떡집
사이좋게 앉아 있고
소문이 소문을 낳아 붐비고
아주 천천히 생각 없이 그 길
걷다보면 쓰레기더미 사이
붉은 복면의 백일홍 불쑥 얼굴 내밀어
방심의 발목 슬쩍, 걸어 넘어트린다
이상도 하지
큰길에서 당한 수모나 굴욕도
이곳에 들어서면 씻은 듯 용서된다
동그랗게 휘어진 골목길 속으로
바삐 걸어온 하루 밀어넣는다
저곳으로부터 나의 삶은 수유 받은 것이다

첫사랑, 첫키스, 첫이별
아, 그리고 이어지는 죽음
살찐 기억……

그러나 어느 누군들 저 무표정한 시간
이길 수 있단 말인가

구불구불 긴 골목 빠져나왔을 때
나는 벌써 어른이 되어 있었다

햇살 다비식

늘 가는 아파트 산책로에 편안히 누운
버즘나무 한 그루
위로 향한 턱없는 열망과
바닥 모를 깊이에의 집착이
희끗희끗 버즘꽃으로 피었다
여름내 바람이 되작되작 가슴 열어주고
햇살 드나들며 나긋나긋 속삭이곤 했는데
지금은 치켜 오르던 수액마저 말라
얼키설키 뒤엉킨 부은 발등과
굳은살 투성이 발가락들
헐렁해진 껍질 속
추운 벌레들 품어 안고 편안히 누워버렸다
옹이로 남겨진 저 고집스런 직립의 욕망!
들끓는 생각
언제부터 비우기 시작한 걸까

햇살 火葬 중이다

구름과 함께 다녀오다

생각의 미로에서 벗어나자
분주한 눈이 놓친 팻말 속 운주사 보인다
일주문 들어설 때
구름집 뛰쳐나와 머리카락 풀어헤친 눈발
겨울바람과 한패 되어
너 이놈, 늦었구나 철썩 때린다
까닭 없이 천불 이는 마음 달래며
천불산 천 개의 석불 만난다
천하태평의 와불 곁에 누워
각진 마음 꺼내도 보고
광배 두른 석불 아래 앉아도 본다
세파에 날아갈 것은 날아가고 굳을 것은 굳어져
시간의 풍화 온몸으로 견딘 원형다층석탑으로
나, 조금은 둥글어져 집에 가고 싶다
성난 짐승처럼 울부짖던 눈발
몸에 닿아 순하게 녹는다

겨울 소쇄원

마디 굵은 대나무들 수문장으로 서 있다
속 비워낸 직립의 생 우우 흔들리며
뿌리로 돌아가는 고요함*
켜켜 얼어붙은 시간의 주름 더듬어본다

비 개인 후 더욱 상쾌한 달 보이는 霽月堂에는
양산보 홀로 앉아 정암을 기다리고 있다

靑靑 푸른 댓잎 마음 따라 흔들리고
매화동백장미치자국화복숭아파초단풍연꽃까지
앞다투어 피어날 시간의 숨결
훗날 다시 올 때,
마음 한 자리까지 환한 향기로 피어나기를

광풍각 다녀가는 청량한 바람으로
그대와 한나절 잘 놀다 간다

*歸根曰靜, 노자, 김용옥 역, 『도덕경』 16장

황색인대골화증

흉추 한 마디쯤 되고 싶었던 걸까
동굴 같은 몸 속에서
종유석으로 자라온 황색인대
세상과 맞장 뜰 때마다 생겨난 생채기
단단하게 골화되어 쌓였다
언제부턴가 아랫도리 저리고 마비되더니
그는 결국 병원에 수감되었다
엑스레이가 판독한 정체불명의 ㄱ자 뼈 하나
흉추 사이로 비집고 들어가 신경 짓누르고 있다
막막한 시간 밖으로 내팽개쳐진 몸뚱이
불끈, 그렇게 뼈 하나 만들어 버티고 있다
마비된 의식들의 저 견고한 저항!

머리 맞대고 오순도순 살아온 것들
서로가 서로에게 벽이 될 때가 온다

산책

다스려지지 않는 마음 끌고 다니다
지치면 춘천 광판리에 갑니다
초록터널 마음의 미로처럼 엉켜 있는
그 길 따라 걸으면 삼지구엽초 반갑게 손 흔듭니다
호흡 빨라지고 숨이 턱에 차오를 즈음
이끼 융단 폭신한 전나무 숲 보입니다
하늘을 덮어버린 잎새들 숨결 그윽합니다
색색의 버섯들과 양치류의 음지식물들
누렇게 바랜 얼굴 맞대고 살아가는 가난한 숲 속
축축한 나무 비린내 훅, 끼쳐옵니다
나는 어느새 이 둥그런 미혹의 세계에서
층층둥글레 되어 불쑥불쑥 생각 키우고 섰습니다
숲이 불러내는 익숙한 사랑의 기억
내 안으로 작은 나무를 불러들입니다
이기적 사랑이 다프네를 나무로 변하게 했듯
나도 저 앞의 나무를
변신시켜놓은 것은 아닌지 모르겠습니다
생각의 뿌리 돋기 전 전나무 숲은 끝나고
환해진 시야 너머로 봉긋한 산집 두 채
사이좋게 손잡고 누워 있습니다

마음의 짐 모두 부려놓은 듯 평화롭습니다
무덤으로 이어지는 길 저만치 바라보다 돌아서면
지나온 길의 심하게 휜 등
한눈에 훤히 보입니다

너의 웃음이 하회탈이다

하회마을 가서
주름투성이 소년 만났지

남의 집
숯을대문 앞에서
엉덩이 까고 편안히 일 치르던 당당한 눈빛
장애우 학교에서 단체 관람 왔다던가
그 아이 활짝 피는 웃음
환한 얼굴

하회탈이란 그런 것이지
저 뇌성마비 얼굴 같은 거
인간의 감정 걸러낸 뒤의 무구,
꽃처럼 웃는 표정 같은 거

오늘 하회마을 와서
살아 있는 천진을 처음 만났네

정적에 걸터앉은 역

높은 산 하나쯤 거뜬히
제 무릎 아래 꿇린
해발 855미터 외딴 역사
키 큰 이국종 루드베키아 노란 치맛자락
바람 속 환하게 펄럭이고
하늘 아래 가장 높은
태백시 추전 2동, 싸리밭골에 쪼그려앉은 추전역
하루에 한 번 온다던 완행열차는 오지 않고
기적소리 대신 역사 앞마당 맴도는
잠자리 떼의 무딘 한숨소리만 어지럽다
무연탄 껴안고 웅크린 채 뜨물 같은 낮잠에 빠진
화물차의 저 무덤덤한 얼굴
빠르게 몰려다녔던 적 언제였던가
정적에 걸터앉아 식은땀 식히고 있다
분주한 시간의 귓속 이명
아득히 멀어진다

삶은 붉다

1

갈라파고스 이구아나가 혼신을 다해 모래 웅덩이에 알 낳
고 있다 서너 개의 알 모래로 덮고 비칠비칠 바다를 향해
간다 저 멀리 고지가 햇살 아래 아득하다 나무 위에서 지켜
보던 매 한 마리 지친 그녀를 사정없이 덮친다 예리한 발톱
바다를 붉게 물들인다

2

두 달 후 부화한 갈라파고스 이구아나, 아장아장 모랫길 건
너 물로 향한다 큰 화산바위 너머 자궁 속 같은 바다를 어
린 발은 본능적으로 걸어차지만 바위 틈 굶주린 뱀의 허기
피할 수 없다 식솔들 하나, 둘 허기의 그 큰 구멍 속으로 삼
켜지는 동안 가까스로 살아남은 것들 황급히 바다 향해 몸
을 던진다

3

어린 바다표범들 하품하는 바다 속, 이구아나는 그들이 갖
고 놀기에 아주 좋은 장난감이다 물고 뱉고 던지고 돌리며

신나게 논다 피 튀기는 死의 현장 빠져나와 바위에 은신한
뒤 헉헉 더운 숨 뱉아내는 갈라파고스 이구아나 선지처럼
충혈된 망막 속으로 흔들리는 바다의 삶은 붉다

부패의 상상력과 일상의 시학

홍신선(시인 · 동국대 교수)

1

왜 썩는 것이 아름다운가. 일반적으로 썩는 것, 또는 부패하는 것들은 역겨운 냄새를 풍기고 자기를 해체한다. 그 해체는 틀과 구성요소들을 화학변화에 걸맞을 정도로 완벽하게 바꾼다. 그래서 썩는 것들은 대체로 혐오나 기피의 대상이 된다. 그럼에도 이 같은 썩는 것, 부패하는 것들에서 아름다움을 발견하는 것은 왜일까? 김화순의 일련의 작품들을 읽다 보면 이 같은 물음이 떠오른다. 곧 이번 시집의 시들 가운데 상당수가 썩는 것, 또는 무너지는 일, 그도 아니면 병듦에 관한 언술들을 보여주는데, 그 썩는 것들은 한결같이 심미적 대상으로 그려져 있기 때문이다. 굳이 말을 만들자면 '부패의 상상력'이라고나 해야 할 이 같은 상상력에 따르자면 썩는 것들은 자신을 질적으로 변화 내지 새로운 무엇으로 탈바꿈하는 일이 된다. 말하자면 그렇게 변화시킴으로써 새로운 무엇, 또 다른 의미를 함축하도록 만든다. 다음의 시를 읽어보자.

쓰레기통 열자
음식 찌꺼기 엇섞여
뻘뻘 땀 흘리며 썩고 있는 중이다
아, 그런데 놀라워라
좌불한 스님처럼 그 속에 천연덕스레 앉아
싹 틔우고 있는 감자알
통 속이 일순 광배 두른 듯 환해지네
저 푸른 꽃
캄캄한 악취에도
육탈하는 것 따뜻하게 천도하는
저것이 바로 생불

—「푸른 경전」 전문

인용한 이 작품은 썩는 것이 왜 아름다운가를 단적으로 보여준다. 그것을 산문으로 풀어서 설명하자면 이렇다. 곧, 음식물을 버리는 쓰레기통에서 화자는 문득 싹을 틔우고 있는 감자알들을 발견한다. 그 감자알들은 썩어서 모든 것이 해체되는 와중에서도 푸른 싹들을 틔우고 있다. 아니, 싹들을 틔우기 위해 감자는 자신을 썩게 만든다. 화자의 상상은 여기에서 그 같은 감자알들이 바로 생불에 다름 아님을 발견한다. 그것은 부패하는 것 혹은 죽음들 틈바구니에서 새로운 생명을 "천도하고" 있기 때문이다.

잘 알려진 대로 불교적 사유에 따르자면 세속이란 "음식물이 엇섞여" 썩고 있는 쓰레기통(塵土) 같은 곳이다. 그 같은 공간에서 모든 존재들은 존재의 질적인 변화인 깨달음을 추구한다. 자아가 깨달음이나 불성을 발견하는 일은 부패 곧 생성이란 이른바 반상합도(反常合道)의 인식과 같은 형식을 통해서이다.

작품 「푸른 경전」은 부패가 생성의 다른 모습임을 간결한 어법을 통해서 잘 보여주고 있다. 화자는 이 같은 모습 때문에 문득 썩고 있는 감자가 생불이란 생각을 한다. 아무튼 부패나 썩는 것들에 대한 김화순의 상상력은 음식 만들기나 병듦에 대한 것에까지 넓혀진다. 예컨대

벌어진 어금니 틈에 낀 찌꺼기들
시큰시큰 썩어가고 있다.

— 「균열」 부분

와 같은 진술이나

그 절 동백림은 종합병원 암병동입니다. 늙은 나무들 커다란 혹덩이 서너 개씩 달고 투병 중입니다. 시간의 병소 부여잡고 신음 소리 꾹꾹 누르고 있는 동백나무들 울컥, 울컥, 핏덩이 토해냅니다.

— 「붉은 말씀들」 부분

와 같은, 동백꽃의 개화가 다름 아닌 암세포와의 투병이라
는 상상이 그것이다. 작품 「균열」에서 화자는 "어금니 틈
에 긴 찌꺼기들"의 썩음으로부터 결국 "마음 내키는 곳"만
골라서 걸어온 지금까지의 자기 삶을 반성하고 있다. 이는
어금니의 균열과 썩음이 결과적으로 "좋아하는 것만 바라
보고/불편한 것에는 그동안 슬쩍슬쩍 고개 돌린" 화자의
생활의 실금을 발견토록 만들었음을 보여주는 것이다.

　반면 작품 「붉은 말씀들」은 늙어 고목이 된 동백나무들
의 병듦을 보여주고 있다. 화자는 아마도 선운사 동백림을
보았음직 한데, 그 숲을 이룬 나무들의 옹이 지고 뒤틀린
모습을 암세포와 투병하는 정황으로 상상하는 것이다. 상
식 수준의 병리학 지식으로 보자면 암은 이상세포의 증식
에 의한 질병이다. 그러나 이 같은 이상세포의 증식은 지금
까지의 설명대로 하자면, 썩음이나 부패의 또 다른 양상이
라고 해야 할 것이다. 그래서 "신음 소리"를 누르기도 하고
핏덩이를 토해내기도 한다.

　김화순에게 있어 썩음 내지 부패는 이처럼 다양한 양상
을 띠고 있다. 특히 몸에서의 썩음은 병듦, 이를테면 암이
나 변비, 골화증 등으로 나타나고 있는 것. 여기서 우리는
썩음에 대한 상상력이 작동하고 있는 또 다른 시를 읽어보
자.

　　홍역 앓듯 살아온,
　　사는 동안 질병 떠나지 않은 팔순의 다 늙은 몸
　　누룩 같은, 노란 꽃 피어 어지럽다

텅 빈 고목 한 그루로 남아 있는
구절양장의 생애 썩어 거름이 될까
타오르는 정염 거듭 죽이고 살아온 세월
원통하고 폭폭했던 것일까
검푸른 몸에 핀 꽃들
그렁그렁 눈물 담겨 있다
이제 곧 퀴퀴한 죽음의 향이 나비를
불러모을 것이다

—「몸꽃」 부분

이 작품에 따르자면 사람 몸에도 꽃이 핀다. 그 꽃은 "누룩"처럼 퀴퀴한 냄새를 흘리기도 하고 때로는 눈물로 그렁그렁 담겨 있다. 말하자면 이미 "누룩"이란 말이 암시하듯 발효나 썩음, 그것도 "구절양장의 생애"가 썩은 끝에 핀 꽃인 것이다. 오죽하면 "고름꽃"들이라고도 불리겠는가. 그러면 썩어서 피는, 아니 썩음 자체를 꽃으로 바라보는 화자의 마음의 움직임은 어떤 것일까. 썩음이나 부패란 이미 앞에서 설명한 대로 대상의 질적인 변화를 가져오고 그에 따른 존재론적 초월도 때로는 가능한 화학작용이다. 따라서 썩음에서 비롯되는 일련의 현상들, 이를테면 역한 냄새나 대상의 해체 같은 부정적인 국면들을 바라보기보다는 시인은 부패에 좀 더 적극적인 의미를 부여한다. 그 의미들이 썩음을 "생불" 또는 "꽃"으로 바라보도록 하는 것이다. 경우에 따라서는 "간장게장"을 담그고 그것의 발효(부패)된 결과를 "니르바나의 맛"이라고 부르기도 한다(「法味如

來」).

　일찍이 최승자가 '토악질'이나 '변기'의 상상력을 통해서 자동화된 삶을 전복시켰듯이 김화순은 썩음이나 부패를 통하여 대상이나 세계를 새롭게 번역해낸다. 이미 자동화되었거나 고정화된 대상들이 그 나름으로 변화하는 길이란 깊이 그리고 완벽하게 썩는 일이다. 내부에서 비롯되었든 외부로부터 시작되었든 썩음은 대상을 화학변화답게 철저히 변질 내지 탈바꿈시킨다. 그 변화된 양상은 때로는 "꽃"(「몸꽃」, 「붉은 말씀들」)으로 때로는 "생불"(「푸른 경전」)로, 혹은 "법미"(「法味如來」)로 나타나고 있는 것이다.

　　　2

　여기서 다소 말머리를 에둘러보자. 후기 구조주의 몇몇 이론분자들이 '중심'이나 '본질'의 해체를 적극 시도한 다음부터 사람들의 인식의 지형도에도 많은 변모를 가져왔다. 그 변모 가운데 하나는 본질이나 중심을 축으로 삼던 큰 담론들이 뒤로 물러앉고 이른바 미시담론들이 뭇 담론들의 전면에 자리 잡게 된 일이다. 멀리 갈 것도 없이 우리 시동네에서만 보더라도 역사나 현실 같은 큰 시적 대상들보다는 자질구레한 일상의 뭇 사상(事象)들이 시적 담론의 주된 품목들로 자리 잡고 있는 것이다. 달리 말하자면 나날의 일이나 삶의 이런 저런 세부(detail)들이 시적 담론의 대다수로 자리 잡게 된 것이다. 어쩌다 지난 세기에 맹렬한

위세를 떨쳤던 사회 역사적 상상력을 떠올리고 그것의 복원을 말하는 경우도 그 실은 지난날에 대한 향수의 차원을 크게 못 벗어나고 있지 않은가.

이번 시집에서 김화순이 집중적으로 보여주는 시적 대상이나 담론도 실은 이 같은 일상의 세목들이다. 물론 그녀는 '세태시'라고―이 같은 용어의 적절성 여부는 논외로 밀어두고 ― 불릴 만한 작품들을 역시 이 시집 속에서 보여주고 있다. 그러나 상당수의 작품들은 일상의 세부, 그것도 극히 미시적인 것들을 밀도 있게 그려내고 있다. 예컨대 생활운동기구인 로타리 토르소, 공기청정기 등등에서부터 찜질방, 대파 썰기 등에 이르기까지 일상의 뭇 세목들을 다루고 있는 것이 곧 그것이다. 그런가 하면 조기(石首魚)나 개미, 거미 같은 곤충류들 또한 김화순에게는 시적 대상이면서 상상을 자극하는 이미저리이다. 그러면 과연 이 같은 일상의 세목들이 시적 대상으로 유효한 까닭은 무엇인가. 해체론자들의 설명을 굳이 빌리지 않더라도 일상의 자질구레한 세목들을 주목하는 것은, 그 세목들이 실은 삶의 전부이거나 삶 그 자체라고 인식하기 때문인 것이다. 말하자면 삶이란 일상과 동떨어진 형이상의 관념이나 신비 속에 별도로 있는 것이 아니라 일상의 세목들을 통해서 구현되는 그 무엇인 셈이다. 또 우리가 '도'라고 이해하는 통념상의 어떤 질서나 원리도 실은 이 같은 세목들 속에 내장된 무엇에 지나지 않는다. 우선 작품부터 읽어보도록 하자.

시장 바닥에 묶여 있는 흑염소의 침울한 눈 본 적 있다 울컥

목울대로 치밀어오르는 뜨거운·것, 염소에 대한 연민과 동
정만은 아니었을 것이다 내 안에 묶여 사는 짐승 나도 모르
게 그렇게 울음 토해낸 것일 게다

터미널은 오가는 사람들로 분주하다 그러나 난 저들의 목
숨이 터미널에 묶여 있다는 걸 안다 우리는 모두 자기만의
터미널에 묶여 있는 한 마리 흑염소가 아닌가 남모르게 껌
벅이는 저 불안한 평화의 눈빛을 보라 저들은 늘 떠나지만
제자리로 돌아온다 묶인 목사리를 풀고 나는 언제쯤 낯선
곳으로 튈 수 있을까

—「環狀彷徨」 전문

이 작품은 우리네 삶이, 고리형상의 맴돌기라는 제목이
암시하듯, "늘 떠나지만 제자리로 돌아오는" 반복의 연속
임을 일러준다. 흔히 일상은 똑같은 일의 끊임없는 되풀이
라고 말해진다. 곧 일정한 변화 없는 반복과 규칙적인 되풀
이들로 정의되는 것이다. 인용한 작품의 화자는 시장 바닥
에 묶여 있는 염소를 매개로 이 같은 자신의 일상성을 깨닫
는다. 염소를 통하여 같은 자리를 끊임없이 맴도는 일이 인
간의 일상이고 삶임을 새삼스러운 듯 발견하고 있는 것이
다. 이처럼 시적 대상을 매개로 자신의 감춰졌던 모습이나
의미를 새롭게 발견하는 일은 서정을 축으로 한 우리시들
의 오래된 관행이기도 하다. 뿐만 아니라, 이들 시는 대상
을 핍진하게 묘사하고 거기에서 일정한 정서나 의미(주로
삶의 진실인데)를 이끌어내어 제시하기도 한다. 이는 과거

107

한시의 '이개칠합(二開七闔)'이란 시상 전개방식에서부터 오늘의 시까지 이어지는 오래된 시적 관습인 것.

아무튼 시적 대상인 염소에게서 새삼스럽게 자신의 모습을 발견한 화자는 일상으로부터의 탈출을 꿈꾼다. 그 탈출이란 굳이 말하자면 일상에서의 일탈로 실현 가능성이 없는 것은 아니다. 아마도 흔히 말하는 여행이 그 한 방법일 터이다. 이번 시집의 여행시편들은 그래서 화자가 말하는 "낯선 곳으로 튄" 기록들로 읽힌다. 태백시의 추천역에서부터 강진만 그리고 캄보디아, 앙코르와트 등에 이르기까지 떠돈 일련의 작품들이 그것이다. 이들 여행은 일상과는 절연된 낯선 공간으로의 여행이며 그만큼 미지의 세계들과의 조우를 경험하게 된다. 이를테면 '무한대의 폐허'일 뿐인 앙코르와트 사원을 둘러보며

> 수미산 오르는 길이 이러할까
> 몸과 마음 기꺼이 낮추고
> 오체투지 기어오르는 그들이 바로
> 未來佛
>
> —「앙코르와트」 부분

과 같은, 불개미 한 마리의 등정이란 지배적 세부를 통하여 대상을 재해석하거나

> 개구리색 군용트럭 쫓으며 '기브 미 껌' 절박하게 외쳐
> 대는 기계충 자국 선명하던 나이 어린 삼촌,

—「캄보디아 통신」부분

과 같은, 자신의 힘들었던 유년 기억들을 여행지 소년들을 통하여 환기하는 일 등이 그것이다. 이상에서 보듯 여행을 통하여 미지의 세계와 조우하지만 시인의 시선은 흔히 대상의 겉모습들을 관찰하는 데에서 더 나아가 그 내부를 더듬거나 재구성하게 마련이다. 여기서 대상의 내부를 더듬는 일은 주로 상상력을 통하여 그 의미나 값을 깊이 있게 발견하는 형태로 나타나고 있다. 반면 대상의 재구성은 은유를 축으로 하여 그것의 모습이나 형태를 새롭게 인식하는 경우이다. 말은 둘로 나누어서 이야기하지만 실제 작품에서 이 두 가지 경우는 동시에 이루어지고 있다. 전형적인 예라고 하기는 어렵지만 작품 「낙하산 확, 펴질 때」도 그같은 범주에 든다. 민들레는 어떻게 피는가.

화자에 따르자면, 봄날 떠도는 민들레 홀씨를 먹으면 그것이 "내 안의 자궁"에 착상하여 언젠가 "숨은 낙하산"을 펴듯 민들레는 피어난다. 그것도 내 몸에서 피어난다. 이 작품은 민들레 곧 낙하산이라는 은유와 외부로부터 내부로 이동하는 화자의 시선이 어떻게 그 몫을 다하는지를 잘 보여주고 있다. 그런데 이 같이 대상의 내부를 살피고 더듬는 일은, 미지의 낯선 세계를 찾는 여느 여행에 견주자면, 화자의 내 안으로의 또 다른 여행이라고 할 만하다. 이는 곧 자신을 대상화하여 되살펴보기도 하고 나란 무엇인가 하는 자아의 정체성을 확인하는 일련의 마음의 움직임을 보여주기 때문이다. 그래서 "대강 그린 약도를 들고 나를

찾아 헤맨 나날들, 수없는 나를 반복적으로 빙빙 돌리다보
면 회교 사원 뜰의 둥근 경전처럼 손발 사라진 명징한 나"
를 만나기도 한다(「로타리 토르소」). 거듭되는 소리지만
대상의 내부를 발견하는 일은 다음 작품에서 보듯 곧바로
자신의 성찰로 이어진다.

> 내 안의 작부 충동질한다
>
> 오이도 개펄 초입에 유곽 차려놓고
>
> 홍등을 내걸란다
>
> 상심한 사내들 치마폭으로 다독여보라고
>
> 내 안의 여자 부채질한다
>
> 밤새워 홍등의 불이 타고
>
> 그 불로 꼬여드는 하루살이 떼의 더운 가슴
>
> 어루만져주란다
>
> 갯내음 물씬 풍기며 뛰쳐나오는
>
> 가리비 속살 같은 내 안의 여자
>
> 거친 물살 위 부표 되어 하얗게 웃는다
>
> 낙지발처럼 와서 쩍쩍 달라붙는 근육질의 사내
>
> 그 거친 숨소리에 갇히고 싶다
>
> 바다 가득 내리는 찬비
>
> 우우, 거세게 밀려오는 밀물의 사내들
>
> 화끈하게 받아내는 개펄 되어보라고
>
> 내 안의 바다 충동질한다

—「내 안의 개펄」전문

이 작품은 화자가 밀물 드는 개펄을 매개로 여느 때는 그 존재를 잘 모르고 있던 "내 안의 작부"를 새삼스럽게 발견하는 정황을 보여주고 있다. 굳이 산문으로 번역하자면, 찬비가 내리는 개펄과 거기 밀려 들어오는 물살을 보면서 화자는 자신의 내부에 있는 작부 기질 또는 모성을 새삼 발견하고 일깨워내고 있는 것이다. 특히 겉문맥 가운데 작부, 유곽, 홍등 같은 외설스런 이미지들을 돋을새김으로 배치하고 있는 점도 인상적이다. 그러나 작품 속문맥에는 상심한 사내들을 다독이고 어루만진다는 여성 일반의 모성이 짙게 깔려 있다.

그러면 이처럼 대상의 내부를 통하여 자신을 새삼 발견하는 작품들은 무슨 효용이 있는가. 그것은 아마도 읽는 이들로 하여금 일종의 대리만족 혹은 추체험을 하도록 하는 일일 터이다. 말하자면 독자들이 자동화된 일상 속에서 잊혀졌던 자신을 새롭게 발견하는 일종의 정신적 즐거움을 향유하는 일인 것이다. 최근 시동네에서 서정시가 독자들에게 널리 호응을 얻는 데는 이 같은 대리만족을 통한 정신적 쾌감의 제공도 한 원인일 터이다.

3

최근 우리 사회의 격심한 변동 가운데 하나는 다민족·다문화 사회로의 재편이다. 잘 알려진 그대로 지난 세기말부터 중국 교포들과 동남아인들의 한국 진출이 본격화되었다. 이들은 그동안 단순 노무직이나 서비스업종 등 우리 사회의 주변부로 진출하기 시작하면서 서서히 자신들의 자리를 잡아나갔다. 곧, 특정 지역이나 공간을 중심으로 저들만의 집단을 이루면서 생활의 터전을 잡고 문화를 선보여오고 있는 것이다. 이 같은 과정을 거치며 그들은 우리 사회 가운데 마이너리티 사회를 이루어가고 있다. 일의 이치로 보아 이들의 등장은 마땅히 한국 사회와 문화에 한 변이소로 기능하기 시작했다. 그것은 이들의 여러 문화를 단순하게 지체된 문화로 우리가 무시 내지 기피해야 할 대상이 아님을 뜻한다. 궂든 좋든, 이들의 문화는 우리 문화의 테두리 안으로 들어오면서 나름대로 상호 변이를 결과하고 있는 것이다. 따라서 우리 사회에서 지난 세기 초부터 강조된 단일 민족·단일 문화의 이념은 더 이상 통용되기 어렵게 되어가고 있다. 더욱이 민족이 근대의 시작과 함께 서구에서부터 기획되고 조작된 한갓 이데올로기에 지나지 않는 것으로 해석되고 있는 작금에 있어서랴.

각설하고 다음의 시를 한번 읽어보자.

처음 한국 땅 밟았을 때
그녀의 발걸음은 풍선처럼 가벼웠다
그러나 희망의 발디딤은 이년 만에 중단되었다
그녀는 이제 더 이상 걸을 수 없고
다른 사람의 도움 없이 화장실도 갈 수 없다
또래의 한국 처녀 부모 사랑 받으며
룰루랄라 데이트 신날 때도 그녀는 부럽지 않았다

가족들의 환한 웃음 떠올리면 절로 어깨 으쓱해졌다
그러나 그녀가 애써 가꾼 보랏빛 꿈나무는
땅 속 깊이 뿌리도 내리기 전 시들고 말았다
공장에서 LCD제품 세척작업 중
유기용제 노말핵산에 중독된 것이다
다발성 신경장애로 하체 마비된 그녀
앉은뱅이가 되어 태국으로 돌아갔다

— 「앉은뱅이꽃」 부분

굳이 산문으로 풀어 설명하지 않아도 이 작품은 쉽게 그리고 단숨에 읽힌다. 이른바 코리안 드림을 좇아 한국에 온 태국 처녀가 어떻게 좌절하고 장애를 입게 되었는가를 아주 간결하게 서술하고 있기 때문이다. 이 작품과 유사한 내용의 작품으로 방글라데시 소녀의 고단한 사연을 서술한 「샨타의 설」을 들 수가 있다. 그녀는 열두 살 소녀로 엄마와 함께 한국에서 생활하고 있다. 처음 입국은 가족 모두가 함께 했지만 어느 날 아빠는 강제추방 당한 것이다. 범박하게 말해서 '이야기 시'라고 해야 할 이들 작품은 사실을 사실대로 서술할 뿐 화자 나름의 정서적 반응이나 비판 같은 주관적 진술은 거의 보여주지 않는다. 말하자면 서사적 거리를 일관되게 확보한 채 사실의 서술에만 충실한 것이다. 이러한 작품적 특성은 조기유학의 세태를 그린 「기러기아빠」의 경우도 예외가 아니다. 이 작품 또한 특별한 시적 장치 없이 사실의 제시로 일관한다. 그러면 지난 몇 년 사이 우리 사회의 단면들을 여과 없이 보여주고 있는 이들 작품의 의의는 무엇인가. 그것은 일종의 노마드 같은 사람들을 통하여 일그러진 현실이나 뿌리 없는 삶이 무엇인가를 생각하게 만드는 것이다. 일찍이 임화의 어법대로 하자면 '세태시'라고나 해야 할까. 화자 나름의 비판이나 주관적 판단을 유보한 채 사실의 재현이나 정황 제시에만 치중하고 있기 때문이다.

그런가 하면 일련의 작품들, 예컨대 「거리는 bAng의 천국이다」 「쇼핑하는 여자」 등은 후기 자본주의 사회의 세태나 풍속이라고 할 수 있는 "거리와 골목에 넘쳐나는 뭇 방"의 문제나 이미지만을 좇고 이미지들을 소비하며 사는 사람들, 또는 소비 중독으로 삶을 황폐화시키는 여자들을 그려주고 있다. 이들 일련의 작품들은 부패의 상상력이나 일상의 세부들, 특히 사소한 대상들과 뭇 일들을 다룬 작품들과 다르게 읽히는 것이 사실이다. 이는 시인이 시적 개성을 어떻게 만드느냐라는 문제에서 보자면 김화순의 다양한 시적 전략으로 보인다.

이 시인이 앞으로 어떻게 보다 유니크한 스타일의 작품 세계를 여는가를 지켜보는 일은 우리 모두의 몫이 될 터이다. 말을 타고 산을 둘러보는 식의 작품 길안내는 이쯤에서 끝내기로 하자, 끝으로 다시 한 번 시집 출판을 축하하며.